SÉRIE
LUCKY LUKE
AUX ÉDITIONS DUPUIS

- LA MINE D'OR DE DICK DIGGER
- RODÉO
- ARIZONA
- SOUS LE CIEL DE L'OUEST
- LUCKY LUKE CONTRE PAT POKER
- HORS-LA-LOI
- L'ÉLIXIR DU DOCTEUR DOXEY
- PHIL DEFER
- DES RAILS SUR LA PRAIRIE
- ALERTE AUX PIEDS-BLEUS
- LUCKY LUKE CONTRE JOSS JAMON
- LES COUSINS DALTON
- LE JUGE
- RUÉE SUR L'OKLAHOMA
- L'ÉVASION DES DALTON
- EN REMONTANT LE MISSISSIPPI
- SUR LA PISTE DES DALTON
- À L'OMBRE DES DERRICKS
- LES RIVAUX DE PAINFUL GULCH
- BILLY THE KID
- LES COLLINES NOIRES
- LES DALTON DANS LE BLIZZARD
- LES DALTON COURENT TOUJOURS
- LA CARAVANE
- LA VILLE FANTÔME
- LES DALTON SE RACHÈTENT
- LE 20E DE CAVALERIE
- L'ESCORTE
- DES BARBELÉS SUR LA PRAIRIE
- CALAMITY JANE
- TORTILLAS POUR LES DALTON

SÉRIE
RANTANPLAN
CHEZ LUCKY COMICS

- LA MASCOTTE
- LE PARRAIN
- RANTANPLAN OTAGE
- LE CLOWN
- BÊTISIER 1
- BÊTISIER 2
- LE FUGITIF
- BÊTISIER 3
- LE MESSAGER
- LES CERVEAUX
- LE CHAMEAU
- BÊTISIER 4 : CHIEN DES CHAMPS
- LE GRAND VOYAGE
- BÊTISIER 5
- LA BELLE ET LE BÊTE
- BÊTISIER 6 : LE NOËL DE RANTANPLAN
- BÊTISIER 7 : SUR LE PIED DE GUERRE
- BÊTISIER 8 : CHIEN D'ARRÊT
- BÊTISIER 9 : MORTS DE RIRE
- BÊTISIER 10 : CARRÉ D'OS

HORS COLLECTION

- LA BALLADE DES DALTON (L'ALBUM DU FILM)
- MORRIS VOUS APPREND À DESSINER LUCKY LUKE
- L'UNIVERS DE MORRIS
- LA FACE CACHÉE DE MORRIS
- TOUS À L'OUEST (L'ALBUM DU FILM)

SÉRIE
LUCKY LUKE
CHEZ LUCKY COMICS

- LA DILIGENCE
- LE PIED-TENDRE
- DALTON CITY
- JESSE JAMES
- WESTERN CIRCUS
- CANYON APACHE
- MA DALTON
- CHASSEUR DE PRIMES
- LE GRAND DUC
- LE CAVALIER BLANC
- L'HÉRITAGE DE RANTANPLAN
- LA GUÉRISON DES DALTON
- L'EMPEREUR SMITH
- LE FIL QUI CHANTE
- 7 HISTOIRES DE LUCKY LUKE
- LE MAGOT DES DALTON
- LA BALLADE DES DALTON
  ET AUTRES HISTOIRES
- LE BANDIT MANCHOT
- SARAH BERNHARDT
- LA CORDE DU PENDU
- DAISY TOWN
- FINGERS
- LE DAILY STAR
- LA FIANCÉE DE LUCKY LUKE
- NITROGLYCÉRINE
- LE RANCH MAUDIT
- L'ALIBI
- LE PONY EXPRESS
- L'AMNÉSIE DES DALTON
- CHASSE AUX FANTÔMES
- LES DALTON À LA NOCE
- LE PONT SUR LE MISSISSIPPI
- KID LUCKY
- BELLE STARR
- LE KLONDIKE
- O.K. CORRAL
- OKLAHOMA JIM
- MARCEL DALTON
- LE PROPHÈTE
- L'ARTISTE PEINTRE
- LA LÉGENDE DE L'OUEST

SÉRIE
LES AVENTURES DE
LUCKY LUKE
D'APRÈS MORRIS
CHEZ LUCKY COMICS

- LA BELLE PROVINCE
- LA CORDE AU COU
- L'HOMME DE WASHINGTON
- LUCKY LUKE CONTRE PINKERTON
- CAVALIER SEUL

SÉRIE
LES AVENTURES DE
KID LUCKY
D'APRÈS MORRIS
CHEZ LUCKY COMICS

- L'APPRENTI COW-BOY

LES AVENTURES DE **LUCKY LUKE** D'APRÈS MORRIS

CAVALIER SEUL

Dessin : ACHDÉ
Scénario : DANIEL PENNAC & TONINO BENACQUISTA
d'après MORRIS

Couleur : MEL

LUCKY Comics

 *

Morris, un génie du neuvième art !

Le père de Lucky Luke est né en 1923 en Belgique, à Courtrai. Après des débuts dans les studios de dessins animés, il crée Lucky Luke, son univers et les principaux personnages de la série, dont les premières aventures paraîtront dans *L'Almanach de Spirou* en 1947. Il sillonne ensuite, pendant plusieurs années, les États-Unis avec ses amis André Franquin et Joseph Gillain ainsi que les vedettes du magazine satirique *Mad*, Kurtzman, Davis et Wood, tandis que *Lucky Luke* se place très vite au rang des incontournables de la bande dessinée grâce au graphisme simple, expressif et combien efficace de son créateur. Son sens de la formule lui inspirera aussi les expressions “L'homme qui tire plus vite que son ombre” ou “neuvième art”.

Dix albums plus tard, il rencontre l'immense René Goscinny qui deviendra son scénariste durant près de 40 tomes. Plusieurs autres se succéderont. La saga du cow-boy solitaire imaginé par Morris rassemble aujourd'hui près de 90 albums. Il a très tôt entretenu une passion dévorante pour le cinéma et l'animation et suivra de près les nombreuses adaptations de son œuvre.

C'est en pleine production des 52 derniers épisodes de dessins animés, *Les Nouvelles Aventures de Lucky Luke*, que Morris décède le 16 juillet 2001. Il demeure pour toujours l'un des monstres sacrés de la bande dessinée. Ses personnages et son univers sont, eux, devenus éternels.

* Caricature de Morris dessinée par l'artiste lui-même.

CAVALIER SEUL
DÉGAINE, COYOTE !!
AU FAR WEST, BIEN DES JEUNES GENS ÉTAIENT TENTÉS PAR LA CARRIÈRE DE DESPERADO...
WANTED
BILLY the KID $10.000
WANTED
$ 2,000
REWARD
DOC HOLLIDAY
À TABLE !
MAIS LA VIE DE DESPERADO NE RESSEMBLAIT EN RIEN À CELLE DONT ILS AVAIENT RÊVÉ.
ILS S'IMAGINAIENT SEMER LA TERREUR OÙ QU'ILS AILLENT...
PAN! PAN! PAN! PAN! PAN!
MINER'S PASS
LE MEILLEUR PLOMB DE TOUT L'OUEST
VIVRE AU-DESSUS DES LOIS...
CONFORMÉMENT AU CUMUL DES PEINES, JE VOUS CONDAMNE À 241 ANNÉES DE PRISON DONT 4 AVEC SURSIS !!
PORTER DE BEAUX COSTUMES...
TIENS, C'EST LA COLLECTION AUTOMNE-HIVER !
HABITER LES PLUS BEAUX PALACES...
Jesse James a dormi ici
MOI AUSSI !
ET SURTOUT, NE JAMAIS TRAVAILLER !
DEMAIN, TU ATTAQUERAS LA FACE NORD !
MAIS PARMI TOUS CES HOMMES AU DESTIN CONTRARIÉ, CERTAINS S'ÉTAIENT FAIT UN NOM.
L'OPÉRATION S'ANNONCE GRANDIOSE !
Achdé + DPTB 2012
1B

LES VOILÀ !!
UN MILLION DE DOLLARS ! C'EST LA RÉSERVE D'OR DE LA BANQUE CENTRALE DU NOUVEAU-MEXIQUE !!
STATE PROPERTY
NOUS SOMMES RICHES, LES FRANGINS, IL N'Y A PLUS QU'À SE SERVIR !!
MAIS... MAIS JOE... ILS... ILS SONT TROP NOMBREUX !
C'EST DU SUICIDE, JOE !
C'EST IMPOSSIBLE LE VENTRE VIDE, JOE !
QUOI ?! CE NE SONT PAS VINGT CAVALIERS, TRENTE HOMMES EN ARMES ET CINQ OU SIX CANONS QUI VONT NOUS FAIRE PEUR !!
NOUS SOMMES LES DALTON !!

QUI ÊTES-VOUS POUR DISCUTER MES ORDRES ?!
BAH... ON EST TES FRÈRES, JOE.
DES FRÈRES ?! PEUH ! DES TRAÎTRES, DES FOIES JAUNES, DES POULES MOUILLÉES, OUI !
DÈS QUE LE DÉTACHEMENT S'ENGAGE DANS LE DÉFILÉ, ON LES ARROSE AVEC ÇA !
T'ES SÛR, JOE ?
ÇA VA ÊTRE UN CARNAGE, JOE !
DE LA MAUVAISE BOUILLIE, JOE !
VOUS EXÉCUTEZ MON PLAN OU C'EST MOI QUI VOUS EXÉCUTE !!!
À MON COMMANDEMENT ...
PULL !
ZAP !
PAN ! PAN ! PAN ! PAN !
BLAM !
BLAM !
BLAM !
BLAM !

AH! CES DALTON... JE M'ATTENDAIS BIEN À UNE DE LEURS IDÉES DÉTONANTES !!
CHARGEZ !!
HEIN ?!
... C'EST BEAU LA SOLIDARITÉ FRATERNELLE ...
JE TE PRÉFÈRE EN CIVIL, COWBOY. ÇA FAIT MOINS DÉGUISÉ.
PRÊT, JOLLY ?!
TOUJOURS!
PAN!
!!
!!
!!
!!

J'AI UN BON PLAN POUR NOUS SORTIR D'ICI...
DANS DEUX JOURS, ON EST DE RETOUR AUX AFFAIRES.
ON EN A MARRE DE TES PLANS, JOE !
ON EN A MARRE DE TES ORDRES, JOE !
ON EN A MARRE DE SAUTER DIX REPAS CHAQUE FOIS QUE TU AS UNE IDÉE, JOE !
QUOI ?! UNE RÉVOLTE ?!! JE VAIS VOUS MONTRER, MOI, QUI EST LE PATRON !
?!
UNE RÉVOLTE ?!
NON, JOE ...
UNE RÉVOLUTION !!!
IL FAUDRAIT LES ARRÊTER, CHEF...
SURTOUT PAS ! AVEC UN PEU DE CHANCE, ILS VONT S'ENTRE-TUER ...
PAF !
PIF !
OUCH !
VLAN !
RATÉ !
VOUS N'ÊTES QUE DES INGRATS...
OÙ SERIEZ-VOUS SANS MOI, À L'HEURE QU'IL EST ?!
BEN ...

VOUS NE VOULEZ PLUS DE MOI COMME CHEF ? O.K.
PROPOSITION : LE PREMIER D'ENTRE NOUS QUI RAPPORTE, À LUI SEUL, UN MILLION DE DOLLARS DEVIENDRA LE CHEF INCONTESTÉ DES DALTON !
UN MILLION DE DOLLARS ?!
C'EST LA SOMME QUE VOUS M'AVEZ FAIT PERDRE, JE COMPTE LA REGAGNER PAR MES PROPRES MOYENS.
UN MILLION ?!
SÉPARÉMENT ?!
ON N'Y ARRIVERA JAMAIS !
VOUS, NON. MOI, SI !!
MON GÉNIE PERSONNEL VA ENFIN POUVOIR S'EXPRIMER !
AH OUI ?!

MERCI LUKE, GRÂCE À VOUS, LA RÉSERVE D'OR EST EN SÉCURITÉ.
JEUNE HOMME, LA CAVALERIE DES ÉTATS-UNIS A BESOIN D'HOMMES COMME VOUS. S'IL VOUS PREND L'ENVIE D'ENTRER DANS LA CARRIÈRE...
MERCI MON COLONEL MAIS...
MONSIEUR LUKE !!!
LES DALTON SE SONT ÉVADÉS, VOUS ÊTES RÉCLAMÉ D'URGENCE AU PÉNITENCIER DE RIO RANCHO !
MALHEUREUSEMENT, LA VOILÀ, MA CARRIÈRE !!
ZIP!
ÉVADÉS DÈS LA PREMIÈRE NUIT, RECORD BATTU ! GALOPE, JOLLY !
VOUS QUITTEZ SANTA FE TANT MIEUX !
PARFOIS, JE ME DEMANDE SI UN PETIT BOULOT PEINARD DANS UN CORPS D'ARMÉE...

QUATRE TUNNELS POUR UNE SEULE ÉVASION, FAUT-IL QU'ILS SOIENT BÊTES!
PEUT-ÊTRE PAS TANT QUE ÇA...
JOE AVAIT PRIS LA ROUTE DU NORD...
WILLIAM DESCENDAIT LA RIVIÈRE COLORADO...
?!
JACK TENTAIT SA CHANCE À TRAVERS LE DÉSERT...
ET AVERELL S'EN ÉTAIT REMIS AUX TRANSPORTS EN COMMUN.
COMPRENDS PAS...
QUANT À LUCKY LUKE...
SUNSET POINT
HOLLYFIELD
FANCY TOWN
CULVER CITY

À CULVER CITY, JOE...
CULVER CITY
SALLE D'ATTENTE
JE CHERCHE UN INDIVIDU MÂLE, ADULTE, ET QUI PORTE DES VÊTEMENTS À MA TAILLE !!!
VLAM!
CE NE SERA PAS MOI...
PENDANT CE TEMPS, À FANCY TOWN, WILLIAM...
FANCY TOWN HARBOUR
LE TOUT CONTRE UN COLT EN ÉTAT DE MARCHE !
BLÉ 1$
OURS 15$
CASTOR 5$
PUTOIS 20$
À HOLLYFIELD, JACK...
HOLLYFIELD
1258 ÂMES ET AUTANT DE COYOTES
ET BIEN PLUS AU SUD, À SUNSET POINT, AVERELL...
SUNSET POINT
UN TAUX DE MORTALITÉ QUE TOUT L'OUEST NOUS ENVIE
JOE FUT LE PREMIER À TROUVER DU TRAVAIL...
CULVER CITY BANK
BONJOUR !
DING! DONG!
C'EST POUR UN DÉPÔT ?
NON, C'EST POUR UN RETRAIT !!!
CAISSE
NE VOUS Y FIEZ PAS, ON PEUT ÊTRE TRÈS PETIT ET ÊTRE TRÈS DANGEREUX...
SURTOUT UN DERRINGER CALIBRE .41.

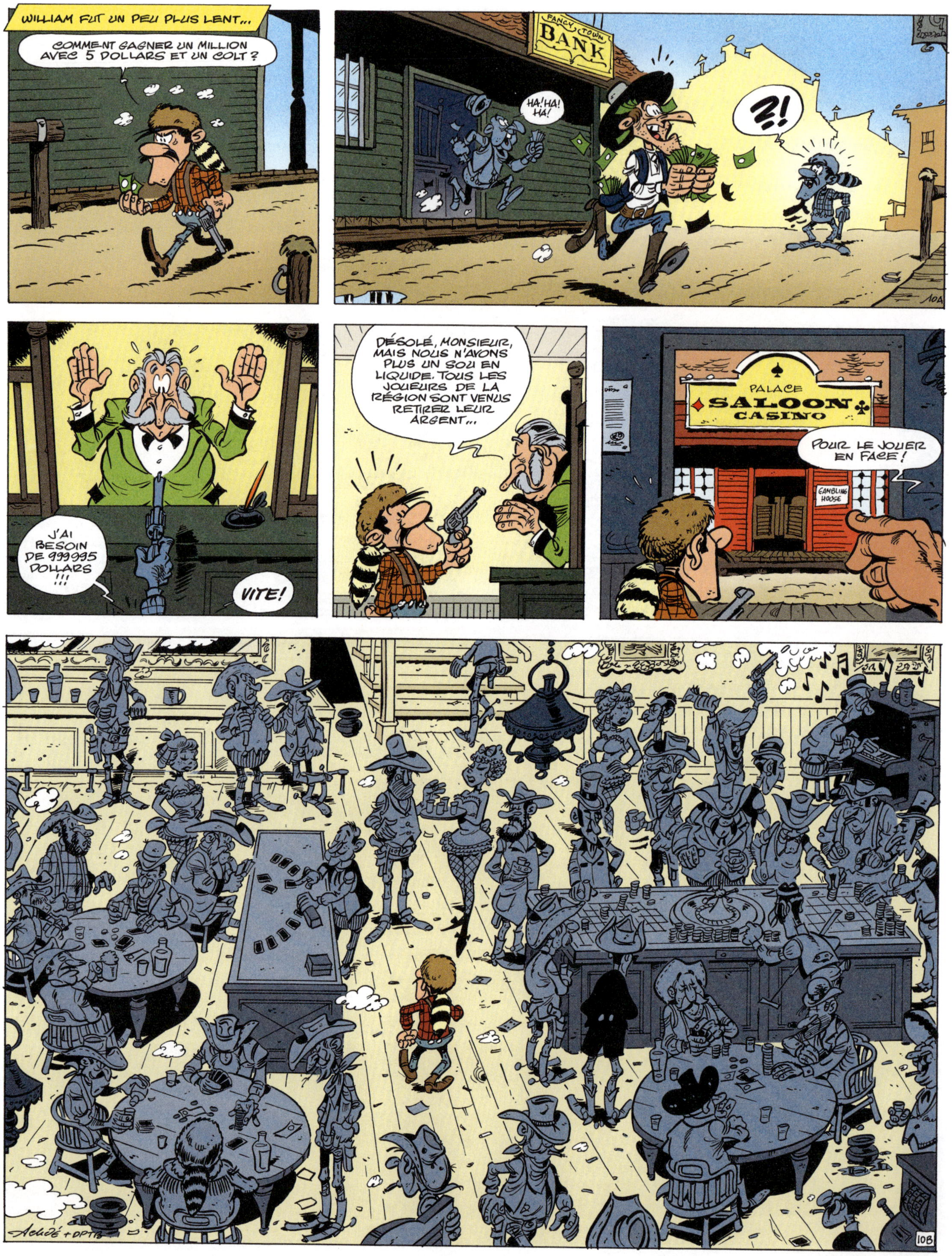
WILLIAM FUT UN PEU PLUS LENT...
COMMENT GAGNER UN MILLION AVEC 5 DOLLARS ET UN COLT ?
FANCY TOWN BANK
HA! HA! HA!
?!
J'AI BESOIN DE 999995 DOLLARS !!!
VITE!
DÉSOLÉ, MONSIEUR, MAIS NOUS N'AVONS PLUS UN SOU EN LIQUIDE. TOUS LES JOUEURS DE LA RÉGION SONT VENUS RETIRER LEUR ARGENT...
PALACE SALOON CASINO
GAMBLING HOUSE
POUR LE JOUER EN FACE !

JACK FUT UN PEU MOINS CHANCEUX...
HOLLYFIELD BANK
POUSSE-TOI, COW-BOY.
SMOK! SMOK! SMOK!
AU BUREAU, JONES.
BIEN, MONSIEUR QUINLAN.
HAUT LES MAINS!
JE VEUX TOUT LE CASH DANS DES SACS!
DORMEZ TRANQUILLE VOTRE ARGENT TRAVAILLE
PLUS UN DOLLAR EN CAISSE, NOUS AVONS ÉTÉ RACHETÉS PAR MONSIEUR QUINLAN QUI A FAIT DE NOUS UNE BANQUE D'AFFAIRES...
MAIS SI VOUS AVEZ BESOIN D'UN PLAN DE FINANCEMENT, JE ME FERAI UN PLAISIR DE VOUS RECEVOIR.
QUINLAN, VOUS DITES...
À NOUS DEUX!
HEP! BEN-HUR !!
?
POC!
OUCH!
?
JONES, VOUS ÊTES DEVENU FOU?
JONES ?!!

POUAH ! UNE MOUCHE DANS NOTRE VERRE.
UNE GUÊPE, PLUTÔT !
BLOUB! BLOUB! BLOUB! BLOUB!
QUANT À AVERELL, IL HÉSITAIT ENTRE DEUX TENTATIONS.
ARMURERIE
Restaurant Bella Napoli
Italian Food
POURRIEZ-VOUS ME FAIRE CRÉDIT D'UN REPAS LE TEMPS POUR MOI D'ATTAQUER UNE ARMURERIE PUIS DE DÉVALISER UNE BANQUE ?
ÉHO !
crédit est mort... de faim !
Restaurant BELLA NAPOLI
SUNSET POINT !!
UNE MINUTE D'ARRÊT, PAS UNE DE PLUS !!
J'AI FAIM !
ON PEUT ÊTRE SERVI EN UNE MINUTE ?!
UNE ESCALOPE MILANAISE RAPIDE, C'EST POSSIBLE ?!
MANGER ! VITE !
VITE !
MADONNA ! JE SOUIS OUNE MAESTRO.
JE NE SOUIS PAS L'HOMME QUI COUIT PLOUS VITE QUE SON OMBRE...
PAS MÊME UNE DE CES TARTES À LA TOMATE ET AU FROMAGE FONDU ?
DEHORS ! PERSONNE N'INSOULTERA MES PIZZAS !!
...ET PLUS D'ARRÊT JUSQU'À SANTA FE.
ON NE TIENDRA JAMAIS !!
PEUH !
OUIN !
crédit est mort... de faim !
DITES, TOUS CES PAUVRES GENS MORTS DE FAIM, VOUS VOUS RENDEZ COMPTE DU MANQUE À GAGNER ?
MA ! COMMENT ÇA ?

?!
TOUT SUR LE 27 !
MON MATRICULE PORTE-BONHEUR.
PATRON, VOUS VOYEZ LE TRAPPEUR ? C'EST WILLIAM DALTON !
LAISSE-LE GAGNER DEUX FOIS, SINON IL VA TOUT CASSER.
LES JEUX SONT FAITS, RIEN NE VA PLUS !
VRRRRR !
CLIC !
36 13 27 34 17
19 15 32 0
LE 27 ROUGE IMPAIR ET PASSE !
YEEEP ! PEEP ! YEEE !!
À NOUVEAU TOUT SUR LE 27 !
MESSIEURS, LES JEUX SONT FAITS, RIEN NE VA PLUS...

YEPEEE!
LE 27 EST ENCORE SORTI! PAR ICI LA MONNAIE!
MONSIEUR A DE LA CHANCE.
HA! HA! HA! SÛR QUE C'EST MON JOUR; TOUT SUR LE 27 ENCORE UNE FOIS!
ÉTRANGER, UN CONSEIL; JAMAIS TROIS FOIS SUR LE MÊME NUMÉRO!
AH?
HUM! NON, PAS LE 27... EUH... LE 35, LE NOMBRE DE PÉNITENCIERS QUE J'AI VISITÉS!
DU CALME, ÉTRANGER. TANT QU'IL N'A PAS DIT "RIEN NE VA PLUS", TU PEUX TOUJOURS MISER.
DOUG, BLOQUE SUR LE 4.
CLIC! CLIC!
OH, ET PUIS NON! TOUT SUR LE 4, EN SOUVENIR DES FRANGINS!
RIEN... RIEN NE VA PLUS!!
HEIN?!
ZOU!
GULP! LE... LE 4 PAIR ET MANQUE!
LA... LA BANQUE SAUTE!
YEPEEE!
JE RACHÈTE LE CASINO!!

PENDANT CE TEMPS, NOTRE COW-BOY SOLITAIRE...
CULVER CITY BANK
OUI, MONSIEUR LUKE...
EFFECTIVEMENT, J'AI ÉTÉ ATTAQUÉ PAR UN DALTON.
LEQUEL ?
AUCUNE IDÉE : IL ÉTAIT GRAND COMME ÇA.
À QUOI BON RATISSER DES BANQUES QUAND ON PEUT KIDNAPPER UN MILLIARDAIRE ?
JACK, MON AMI, JE CRAINS QUE VOUS NE COURIEZ AU-DEVANT D'UNE GRANDE DÉCEPTION.
SI VOUS VOULÉ REVOIR MONSIEU QUINLAN VIVANT RÉUNISSÉ 1 MILION DE $ D'ICI 2 JOURS (LINGOTS ET GROSSES COUPURES AXEPTÉ) Jack Dalton
VOUS MISEZ SUR UNE VALEUR EN BAISSE : LA COMPASSION. AUCUN DE MES ACTIONNAIRES NE DÉBOURSERA UN CENT POUR MA MISÉRABLE PERSONNE.
MAIS... VOS COFFRES ? VOS SOCIÉTÉS ? VOS DOLLARS ?
NI COFFRES NI DOLLARS ! RIEN QUE DES INVESTISSEMENTS EN BOURSE.
...NOUS NE SAVONS MÊME PAS QUI FIGURE SUR LES BILLETS DE 1 DOLLAR !
CRAC !
ALLONS, SOYEZ RAISONNABLE. VOUS ALLEZ PERDRE UN TEMPS FOU, MON CHER AMI, ET LE TEMPS, C'EST DE L'ARGENT !
CROYEZ-MOI, ILS VONT PAYER ! ET JE NE SUIS PAS VOTRE AMI !

PENDANT CE TEMPS, JOE N'ÉPARGNAIT AUCUNE BANQUE SUR SON PASSAGE...
ET 231 870 DOLLARS DE PLUS ! HA ! HA ! HA !
WILLIAM GOÛTAIT AUX JOIES DE L'ENTREPRISE...
LE CASINO RAPPORTE 20 000 DOLLARS PAR JOUR ET 25 000 LE SAMEDI...
EH BIEN, NOUS ALLONS DOUBLER NOS GAINS ! ON VA OUVRIR JOUR ET NUIT, DIMANCHE COMPRIS. TU VAS COMMANDER TROIS BANDITS MANCHOTS DE PLUS À KANSAS CITY ET TU RAJOUTES DE L'EAU DANS LE WHISKY !!
EXÉCUTION !
JACK ENTRAIT DANS LE MONDE MERVEILLEUX DE LA FINANCE...
ILS N'ONT PAS DONNÉ UN SOU ! VOUS N'AVEZ DONC AUCUNE FAMILLE, AUCUN AMI ?!
QUE DES ACTIONNAIRES QUI ME VERRAIENT BIEN MORT, JE VOUS AVAIS PRÉVENU.
C'EST QUE J'AI BESOIN D'UN MILLION DE DOLLARS TRÈS VITE, MOI, SINON JE SERAI LA HONTE DE LA FAMILLE... BOUHOUUU !
UN MILLION ? AVEZ-VOUS SONGÉ À LA POLITIQUE ?
SNIF ! HEIN ?
LA VILLE DE HOLLYFIELD A BESOIN D'UN NOUVEAU MAIRE ; MOI ET MES ASSOCIÉS RECHERCHONS JUSTEMENT UN CANDIDAT À NOTRE... ENFIN, NOTRE CANDIDAT. ACCEPTEZ, MON AMI, ET CE MILLION, VOUS L'AUREZ !
ET AVERELL CONCLUAIT SA PREMIÈRE JOURNÉE DE TRAVAIL.
Voyageur pressé, Soldat en mission, Commerçant débordé, Hors-la-loi en cavale, tu peux déjeuner ici
EN MOINS DE 5 MINUTES !
INCRÉDIBILÉ ! 2641 DOLLARS EN OUNE JOURNÉE !
PFUUU !
AVEC MES TROIS FRÈRES, ON EN AURAIT FAIT 4 FOIS PLUS !
JE N'AI PAS DE FRÈRE, MA J'AI PLEIN DE COUSINS QUI ONT PLEIN D'AMIS QUI ONT PLEIN DE RESTAURANTS...
MMM...

... OUI, OUI, UN DALTON. L'UN D'ENTRE EUX SERAIT-IL DEVENU TRAPPEUR ?
TRAPPEUR ?
FANCY TOWN
BANK
LES DALTON SONT PARTOUT ET NULLE PART, MON VIEUX JOLLY...
PALACE SALOON CASINO
ET TOUJOURS PAS LA MOINDRE PISTE.
BIENTÔT LE MILLION !
NON LOIN DE LÀ, JACK ÉTAIT ENTRÉ EN POLITIQUE...
JACK POUR MAIRE
JACK
JACK
JACK Pour MAIRE
JACK HOLLYFIELD
NOUS AVONS ACHETÉ TOUT LE MONDE, MUSELÉ VOS OPPOSANTS ET SALI VOTRE ADVERSAIRE, TOUT CELA AU NOM DE LA LIBERTÉ...
JE SENS QU'ILS M'AIMENT DÉJÀ.
JACK
POUR HOLLYFIELD
votez Mc MURRAY
MERCI D'ÊTRE VENUS SI NOMBREUX POUR ME SOUTENIR...
VAS-Y PAPA !
ON EST AVEC TOI, MON MINOU !

COUSIN GINO A OUVERT UN NOUVEAU RESTAURANT À CHICAGO; SI ON COMPTE GUILIO À BOSTON ET GUIDO À TALLAHASSEE, NOUS EN SOMMES À 33 !
UNITED STATES OF AMERICA
ET SI ON DONNAIT DE JOLIS NOMS À NOS PIZZAS ? LA "QUATRE FRÈRES," PAR EXEMPLE ?
MA C'EST OUNE IDÉE, ÇA !
...EN EFFET, C'ÉTAIT BIEN UN DALTON; IL A QUITTÉ PRÉCIPITAMMENT LA BANQUE LORSQUE JE LUI AI PROPOSÉ DES STOCK-OPTIONS...
UNE AFFAIRE JUTEUSE, POURTANT.
ET VOUS, MONSIEUR LUKE, UN PETIT PLACEMENT PÉPÈRE ?
NON ?
18A
OH, OH ! C'EST LA TROISIÈME FOIS QU'IL SORT D'UNE BANQUE SANS BANDIT À ENFERMER. ÇA Y EST, IL SE PREND POUR RANTANPLAN !
GRMBL ! ENCORE CHOU BLANC !
QU'EST-CE QUE TU ATTENDS POUR NOUS RETROUVER UN DALTON, COW-BOY ? SON PORTRAIT-ROBOT ?!
TAP ! TAP !
?!
?
WANTED
POUR NOTRE VILLE
Votez
JACK DALTON
C'EST PAS VRAI !!
18B

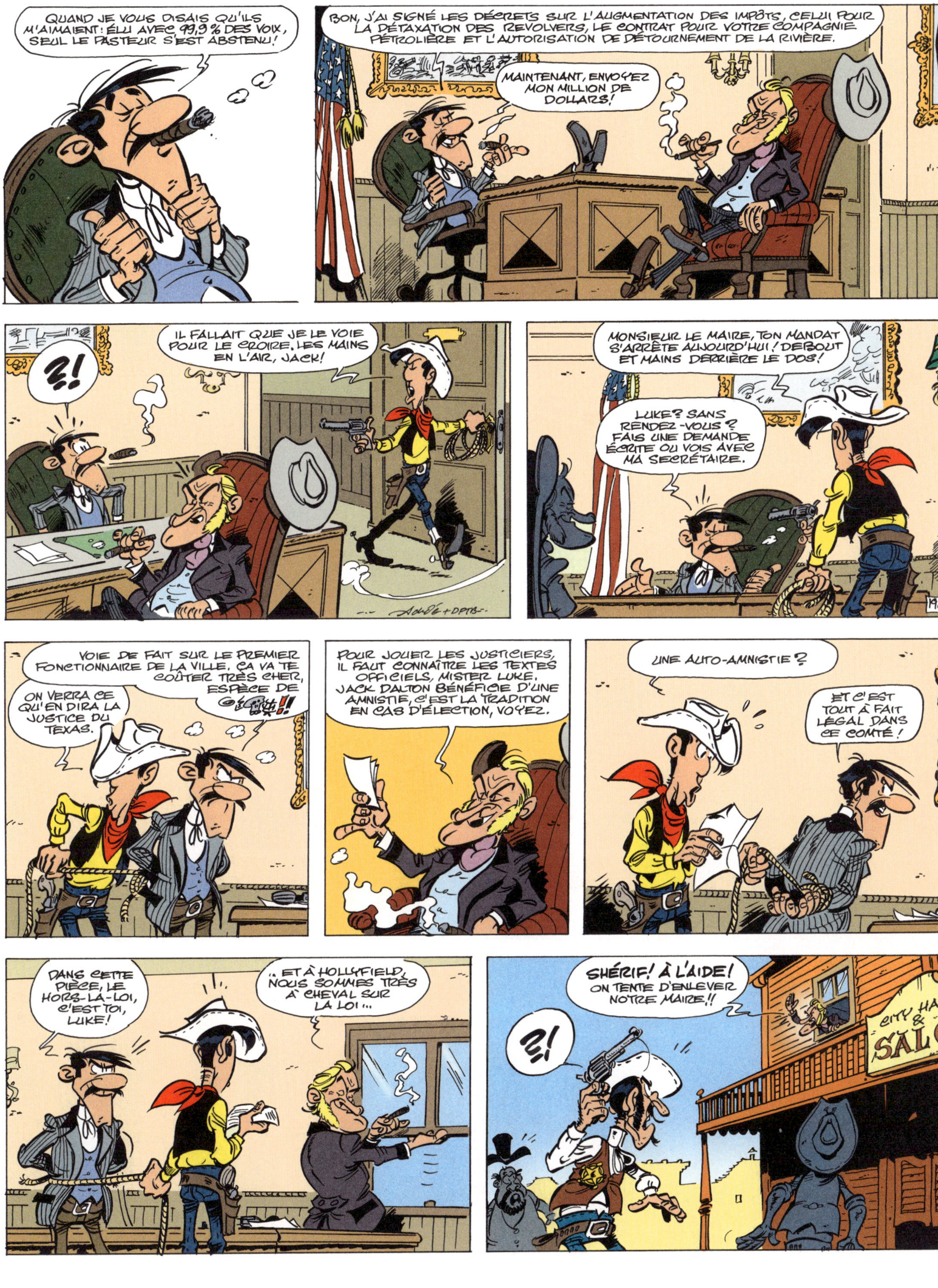

QUAND JE VOUS DISAIS QU'ILS M'AIMAIENT: ÉLU AVEC 99,9 % DES VOIX, SEUL LE PASTEUR S'EST ABSTENU!
BON, J'AI SIGNÉ LES DÉCRETS SUR L'AUGMENTATION DES IMPÔTS, CELUI POUR LA DÉTAXATION DES REVOLVERS, LE CONTRAT POUR VOTRE COMPAGNIE PÉTROLIÈRE ET L'AUTORISATION DE DÉTOURNEMENT DE LA RIVIÈRE.
MAINTENANT, ENVOYEZ MON MILLION DE DOLLARS!
?!
IL FALLAIT QUE JE LE VOIE POUR LE CROIRE. LES MAINS EN L'AIR, JACK!
MONSIEUR LE MAIRE, TON MANDAT S'ARRÊTE AUJOURD'HUI! DEBOUT ET MAINS DERRIÈRE LE DOS!
LUKE? SANS RENDEZ-VOUS? FAIS UNE DEMANDE ÉCRITE OU VOIS AVEC MA SECRÉTAIRE.
VOIE DE FAIT SUR LE PREMIER FONCTIONNAIRE DE LA VILLE. ÇA VA TE COÛTER TRÈS CHER, ESPÈCE DE
ON VERRA CE QU'EN DIRA LA JUSTICE DU TEXAS.
POUR JOUER LES JUSTICIERS, IL FAUT CONNAÎTRE LES TEXTES OFFICIELS, MISTER LUKE. JACK DALTON BÉNÉFICIE D'UNE AMNISTIE, C'EST LA TRADITION EN CAS D'ÉLECTION, VOYEZ.
UNE AUTO-AMNISTIE?
ET C'EST TOUT À FAIT LÉGAL DANS CE COMTÉ!
DANS CETTE PIÈCE, LE HORS-LA-LOI, C'EST TOI, LUKE!
... ET À HOLLYFIELD, NOUS SOMMES TRÈS À CHEVAL SUR LA LOI...
SHÉRIF! À L'AIDE! ON TENTE D'ENLEVER NOTRE MAIRE!!
?!
CITY HALL & SAL

CLOP!
?!
OUCH!
CRAC!
PAR ICI, BANDE D'INCAPABLES! DESCENDEZ-LE, IL S'ENFUIT!!
FONCE, JOLLY!
J'AVAIS COMPRIS!
FUIR LA JUSTICE DES DALTON, TU M'AURAS TOUT FAIT, COW-BOY!
20A
PASSONS LA NUIT CHEZ HANK, NOUS REJOINDRONS ABILÈNE DEMAIN MATIN POUR TÉLÉGRAPHIER AU GOUVERNEUR...
TIENS, L'AUBERGE A CHANGÉ DE NOM...
AUX DÉLICES ~~DU TEXAS~~
De Capri
AUBERGE-RELAIS CHEVAUX
Achdé + DPTB
ALORS, ON NE MANGE PLUS TEXAN DANS CETTE GARGOTE?!
LUCKY LUKE?!
TOUJOURS LE MÊME, VIEILLE FRIPOUILLE! MAIS QU'EST-CE QUI T'A PRIS DE CHANGER TON ENSEIGNE?
NE M'EN PARLE PAS: ON M'A FAIT UNE PROPOSITION QU'ON NE PEUT PAS REFUSER, SI TU VOIS CE QUE JE VEUX DIRE...
D'AILLEURS, JETTE UN OEIL À MA NOUVELLE CARTE...
Nos Pizzas
La Désperada
La ma Dalton
La Bagnarde
La Averell "Spécial"
La 6 coups (épicée)
La 4 frères
20B

PENDANT CE TEMPS, AVERELL FAISAIT PROSPÉRER SA PETITE ENTREPRISE...
PFFF! SI C'EST PAS MALHEUREUX ...
ILS NE FINISSENT MÊME PAS LEUR PIZZA !!
...PENSER À RÉDUIRE LES PARTS : BON POUR LES BÉNÉFICES, ÇA...
IL EMPLOYAIT DES FOURNISSEURS LOCAUX...
CRUNCH! CRUNCH! MIAM!
HEIN ?!
VOUS VOULEZ ACHETER TOUTES MES TOMATES ?!
DITES, VOUS NE CONNAÎTRIEZ PAS AUSSI UN ÉLEVEUR D'ANCHOIS ?
AU NOUVEAU-MEXIQUE ?
IL DONNAIT MÊME AUX BONNES OEUVRES...
DING! DING! DING!
ARMÉE DU SALUT DONNEZ AUX PAUVRES
TIENS, MON GARS, JE NE PEUX TOUT DE MÊME PAS MANGER TOUS LES INVENDUS.
IL PRENAIT LE TEMPS D'ALLER LIVRER CEUX QUI NE POUVAIENT SE DÉPLACER.
LE DERNIER REPAS DU CONDAMNÉ !
J'AVAIS DIT: "PAS D'ANCHOIS" !!!
JUSQU'AU JOUR OÙ LUCKY LUKE EST VENU FAIRE SON TRAVAIL.
JE NE COMPRENDS PAS POURQUOI TU NE M'AIMES PAS, LUKE !
?!
PARCE QUE DANS CETTE VILLE, TOUT LE MONDE AIME AVERELL !
HAUT LES MAINS, COW-BOY !

PERSONNE NE NOUS ENLÈVERA NOTRE PIZZAIOLO!
LE PLUS RAPIDE À L'OUEST DU PECOS!
OUAIP!
TON COLT, COW-BOY! AU NOM DE LA LOI, JE T'ARRÊTE!
MAIS QUELLE LOI?
L'INTÉRÊT PUBLIC! POUR UNE FOIS QU'UN OUTLAW SE RECONVERTIT.
GRÂCE À LUI, TOUT LE MONDE A DU TRAVAIL ET DE QUOI MANGER, LUKE...
JE TIENS À ÊTRE RÉÉLU, MOI!
22A
LE SHÉRIF A RAISON: AVERELL DALTON EST UN BIENFAITEUR ET SA "TEXANE AUX ANCHOIS" EST DÉLICIEUSE.
... LE VRAI VOYOU, C'EST SON FRÈRE WILLIAM...
WILLIAM?
PARFAITEMENT, WILLIAM DALTON! IL A LANCÉ UN AVIS DE RECHERCHE CONTRE MOI!!
IL M'ACCUSE D'AVOIR TRICHÉ À LA ROULETTE, MOI!
HEIN?!
QUELLE ROULETTE?!
22B

...ET QUELQUES EXPLICATIONS PLUS TARD...
QU'EST-CE QUE TU ATTENDS POUR ME SORTIR DE LÀ, TOI ?!
UN "S'IL TE PLAÎT" UNE FOIS DE TEMPS EN TEMPS...
TU VOUDRAIS PEUT-ÊTRE UN "MERCI", EN PLUS ?! POULAIN, VA !
SALOON CASINO
TU PERDS TON TEMPS, COW-BOY, ET LE MIEN AUSSI, CE QUI COÛTE PLUS CHER !
BOUGE PAS, WILLIAM.
CLIC !
CENT CONTRE UN QUE TU PASSERAS LA PORTE TOUT SEUL, LUKE.
PARI TENU.
UNE MINUTE, JE VOUS PRIE, MONSIEUR LUKE.
?!
HÉ ! HÉ !
MON... MONSIEUR LE GOUVERNEUR ?!
ON NE TOUCHE PAS À MON POTE QUAND JE JOUE AU JACKPOT !!!
APPRENEZ QUE LES CASINOS BÉNÉFICIENT D'UN STATUT D'EXTRATERRITORIALITÉ ; ILS NE SONT PAS SOUMIS À LA LOI FÉDÉRALE. EN CONSÉQUENCE, WILLIAM DALTON NE SAURAIT ÊTRE INQUIÉTÉ...
CHELING !
...TANT QU'IL RESTE DANS CES MURS ! JACKPOT !!
EH OUI, AU CASINO, C'EST TOUJOURS LA MAISON QUI GAGNE...
LES MENOTTES, STP !

ALORS QUE WILLIAM ÉCHAPPAIT LÉGALEMENT À LUCKY LUKE, JOE DALTON AUGMENTAIT SON BUTIN...
-COUNTY BANK-
NE MÉLANGE PAS LES SACS DE BILLETS DE 50 DOLLARS AVEC CEUX DE 20 DOLLARS, JE TIENS UNE COMPTABILITÉ SÉRIEUSE, MOI !
OUI, MONSIEUR DALTON.
AVEC UN TOTAL DE 854 000 DOLLARS, IL FAUT QUE JE TROUVE UN LIEU SÛR POUR CACHER TOUT ÇA.
ÉÉDITION SPÉCIALE !
JOE DALTON TOUJOURS INSAISISSABLE !!!
CLARION
ET SI ON ALLAIT VOIR QUELLE LOI PROTÈGE JOE ?
HEP !
Après 21 Hold-Up
JOE DALTON
court toujours !
REWARD - 5.000 $
LES BANQUES ATTAQUÉES PAR JOE DALTON DANS LE COMTÉ DE BIG STONE
PATOS RIVER
MILTON GROVE
DEAD CREEK
SANTA FE
WICHITA CAMP
PECOS VILLE
ABILENE
18Th Feb
35000 $
GRASSY JUNCTION
24Th Feb
231870 $
CHEDDAR MENTHON
29Th march
84 000 $
RICH POINT
SI ON SUIT SA TRAJECTOIRE, IL DEVRAIT ATTAQUER ...
LA BANQUE DE RICH POINT !!
RICH POINT OBLIGERAIT JOE À BIVOUAQUER EN PLEIN DÉSERT DE LA SOIF, INFESTÉ DE CROTALES ET SANS POINT D'EAU.
IL NE PEUT PAS NON PLUS ATTAQUER LA BANQUE DE MILTON GROVE. ELLE EST TENUE PAR UN COUSIN DE MA DALTON ; JOE VA DONC ATTAQUER LA BANQUE DE... PATOS RIVER !

BANK
HA! HA! HA!
PAN! PAN!
VOUS QUITTEZ PATOS RIVE ON S'EN REMETTRA!
ON LE SUIT, JOLLY. JE VEUX SAVOIR OÙ IL CACHE SON BUTIN.
DEAD CREEK POPULATION: 239 0
CREEK'S SALOON
GUNS
BANK
987 000 DOLLARS; UN DERNIER HOLD-UP ET JE DÉPASSE LE MILLION.
SI ON M'AVAIT DIT QU'UN JOUR JE PLACERAIS TOUTE MA FORTUNE DANS UNE BANQUE...
I'M A RICH LONESOME OUTLAW
DEAD CREEK BANK
ET SI ON DEVENAIT UN PEU MALHONNÊTES, MON VIEUX JOLLY?

ALORS QU'IL N'AVAIT ENCORE COMMIS AUCUN DÉLIT...
... UN BANDIT GALOPAIT...
... PRÉCÉDÉ DE SA FUTURE RÉPUTATION...
CATACLOP! CATACLOP!
... SUR SA MONTURE TERRIFIANTE...
... ET PARTOUT SUR SON PASSAGE...
SHERIF OFFICE
... ON TREMBLAIT...
... ON FUYAIT...
... ON HURLAIT...
¡¡¡¡¡¡¡¡¡¡HIHI!
... ON SONNAIT LE TOCSIN !

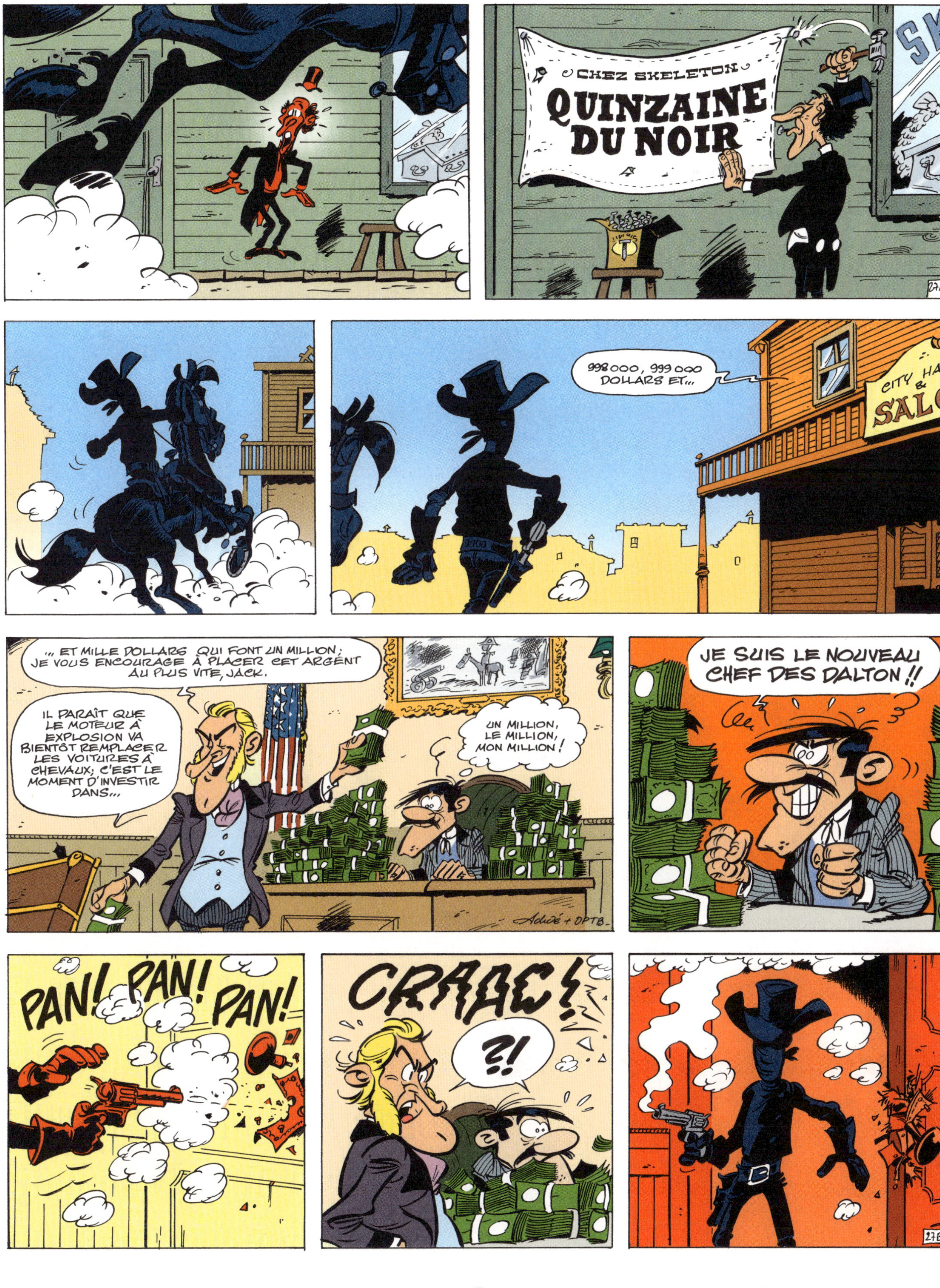
CHEZ SKELETON
QUINZAINE DU NOIR
27A
998 000, 999 000 DOLLARS ET...
CITY HALL & SALO
... ET MILLE DOLLARS QUI FONT UN MILLION; JE VOUS ENCOURAGE À PLACER CET ARGENT AU PLUS VITE, JACK.
IL PARAÎT QUE LE MOTEUR À EXPLOSION VA BIENTÔT REMPLACER LES VOITURES À CHEVAUX; C'EST LE MOMENT D'INVESTIR DANS...
UN MILLION, LE MILLION, MON MILLION!
JE SUIS LE NOUVEAU CHEF DES DALTON !!
PAN! PAN! PAN!
CRRAC!
?!
27B

PAN!
PAN!
PAN!
PAN!
CE DOIT ÊTRE UN ÉLECTEUR DÉÇU, CE SONT LES PIRES!
MON MILLION!
MON MILLION !!!
VOLEUR! CRAPULE! MALHONNÊTE!
PAN!
PAN!
PAN!
VOTRE CAPITAL A FONDU DE 99% JACK. JE VOUS AVAIS BIEN DIT QU'IL FALLAIT INVESTIR...
GNI!GNI! GNI!
?!
BANQUES ATTAQUÉES PAR JOE DALTON DANS LE COMTÉ DE BIG STONE
WICHITA CAMP
PATOS RIVER
MILTON GROVE
DEAD CREEK
GRASSY JUNCTION
24Th Feb
231 870$
CHEDDAR MENTHON
29 March
84 000$
RICH POINT
ABILENE
QUELQUE CHOSE ME DIT QUE MON ARGENT A ÉTÉ PLACÉ...
...ET EN LIEU SÛR.
CRÏTCH!
DPTB

GRMBL! MONTURE DE DESPERADO, C'EST PAS UNE VIE...
JE PRÉFÉRAIS ENCORE L'ARMÉE.
29A
FUIR À GRAND GALOP, ÉVITER LES BALLES, PORTER LE BUTIN...
JE NE PENSAIS PAS QU'UN MILLION DE DOLLARS PESAIT SI LOURD!
Achdé + DP. TB
JE SAIS QUE TU ES FATIGUÉ MAIS ON N'A PAS FINI, MON VIEUX...
JE VAIS TE REFAIRE UNE BEAUTÉ.
MAQUILLÉ COMME UN MUSTANG VOLÉ! SI MA MÈRE ME VOYAIT!
ARRÊTE DE RÂLER!
DANS UN MONDE OÙ LA LOI PROTÈGE LES BANDITS, LE JUSTICIER SE DOIT D'ÊTRE HORS LA LOI.
OH, ÇA VA! TOUT LE MONDE A LU ROBIN DES BOIS!
EN ROUTE POUR DE NOUVELLES FORFAITURES!
29

PENDANT CE TEMPS, À DEAD CREEK, UN DRAME SE JOUAIT...
CE QUI PORTE LA SOMME À 2 MILLIONS ET 41 DOLLARS...
ÇA Y EST, JE SUIS REDEVENU LE CHEF INCONTESTÉ DES FRÈRES DALTON !
COMMENT ÇA, 2 MILLIONS ET 41 DOLLARS ?!!
D'OÙ IL VIENT CE MILLION DE TROP ?!
TU AS DÛ TE TROMPER, JOE !
RECOMPTE, JOE !!
... À SUNSET POINT AUSSI, ON FAISAIT LES COMPTES...
C'EST GENTIL À VOUS DE M'INVITER À VOTRE REPAS DE FAMILLE, MONSIEUR GAMBARO.
MESSIEURS, À LA SOCIÉTÉ GAMBARO ET FRÈRES ET COUSINS ET ASSOCIÉS, ET SURTOUT À AVERELL DALTON !
COMMENT ÇA ? À... À MOI ?!

OUI, AVERELL, TOU ES PRESQUE DE LA FAMILIA ET DEPOUIS QUE TOU ES ARRIVÉ AU "BELLA NAPOLI", TOU TRAVAILLES DUR. TOU ES DEVENU OUNE VÉRITABLE MAESTRO DE LA PIZZA AUX ANCHOIS, MAIS IL Y A PLOUS IMPORTANT...
SI.
SI.
SI.
SI.
... TOU NOUS AS DONNÉ LES CLÉS DE LA RÉOUSSITE ET DE LA PROSPÉRITÉ !
AH ?
TOUJOURS HONORER LA FAMILIA...
VEILLER AU RESPECT DU TERRITOIRE...
NE JAMAIS SE FIER AUX BANQUES...
CRÉER UN SYNDICAT.
NOTRE ENTREPRISE EST DEVENUE OUNE VÉRITABLE EMPIRE ; AUSSI, POUR TE REMERCIER ET T'INVITER À QUITTER LA VILLE, NOUS T'OFFRONS OUNE MILLION DE DOLLARS !
CE QUI FAIT DE MOI LE NOUVEAU CHEF DES DALTON ?!
SI !
SI !
SI !
SI !
SI !
MERCI LES AMIS. JOE SERA SI FIER DE MOI EN ME VOYANT REVENIR AVEC UN MILLION DE DOLLARS !
ÇA C'EST SOÛR !
DÉSOLÉ, MAIS JE CROIS QU'IL VA DEVOIR ATTENDRE !
MA ?!
MA ?!
MA ?!
MA ?!
MA ?!
31

PAN! PAN! PAN! PAN! PAN!
DIRECTION DEAD CREEK, JOLLY!
LUCKY LUKE, L'HOMME QUI SE TIRE PLUS VITE QUE SON OMBRE!!
MON MILLION!
2 MILLIONS ET 41 DOLLARS, J'AI RECOMPTÉ 6 FOIS!
IL NE SUFFIT TOUT DE MÊME PAS DE PLACER SON ARGENT À LA BANQUE POUR QU'IL DOUBLE EN UNE NUIT.
BOUF!
BANK
HEIN ?!
CE... CE N'EST PAS POSSIBLE ?!
VLAF!
EN PISTE, MON VIEUX : LE BANDIT MASQUÉ DOIT FRAPPER UNE DERNIÈRE FOIS!

ONE CASINO DOLLAR PALACE
LE 23 ROUGE IMPAIR ET PASSE.
TIENS GIGI, APPORTE ÇA AU TRÉSORIER.
CAISSE
NOUS VENONS D'ATTEINDRE LE MILLION DE DOLLARS, PATRON.
HEIN ?
JE SUIS LE NOUVEAU CHEF DES DALTON !!!

MESSIEURS, FAITES VOS JEUX.
PAN!
PAN!
PAN! PAN!
SHTING!
BLING!
BLING!
BELING!
PAN!
PAN!
RIEN... RIEN NE VA PLUS !!
MAIS QU'EST-CE QUE VOUS ATTENDEZ POUR M'ARRÊTER CE...
PAN!
BLAM!
MON MILLION !!!
BRAVO COW-BOY, TU VIENS DE FAIRE SAUTER LA BANQUE!
34

PENDANT CE TEMPS, JOE...
OÙ... OÙ SUIS-JE ?!
J'AI FAIT UN AFFREUX CAUCHEMAR...
TROIS MILLIONS DE DOLLARS AU LIEU DE... ?!
NON ?!
C'EST UNE HALLUCINATION, JOE !
C'EST UN MIRAGE, JOE !
CLAC! CLAC! CLAC!
TU DORS ENCORE, JOE !
3 MILLIONS ET 100 DOLLARS, 3 MILLIONS ET 200 DOLLARS ...
AU FOND, JOE EST UN GARS HONNÊTE !
... IL A LE SENTIMENT DE NE PAS MÉRITER L'ARGENT QU'IL NE VOLE PAS !
OH, OH ! LES ENNUIS ARRIVENT, COW-BOY !
35

DAMNED !
TOUJOURS PROTÉGER SON INVESTISSEMENT !!
MON MILLION !
MON MILLION ! HA ! HA ! HA !
MON MILLION !
ÉLOIGNEZ-VOUS DE MES MILLIONS OU JE VOUS ABATS COMME DES PILLARDS !
36

PARMI TES MILLIONS, IL Y EN A UN À MOI, VOLEUR !!
TU NE SERAIS PAS UN PEU COMPLICE AVEC LE BANDIT MASQUÉ, DES FOIS ?
QU'EST-CE QUE C'EST QUE CE CHARABIA ?! QUEL BANDIT ?
GRAT! GRAT!
MOI AUSSI, JE L'AI VU. IL AVAIT LA MÉCHANCETÉ DE JOE, LA RAPIDITÉ DE WILLIAM ET LA CUPIDITÉ DE JACK.
ET IL AVAIT LA TAILLE D'AVERELL !
?
?
?
?!
J'AI COMPRIS, C'EST UNE ASSOCIATION DE MALFAITEURS POUR ME VOLER MES MILLIONS !
PAN!
PAN!
PAN! PAN!
PAN! PAN!
RAWSON FRUITS
DEAD CREEK
À SES MINEURS
PAN! PAN!

PAN!
PAN!
PAN!
PAN!
PAN! PAN!
PAN!
PAN!
PAN!
PAN!
PAN!
PAN!
PAN!
JE CROIS QU'IL SERAIT BON D'INTERVENIR, SINON CHACUN DE CES IDIOTS VA SE RETROUVER FILS UNIQUE.
PAN! PIAN!
CENT FOIS JE LES AI ATTRAPÉS, CENT FOIS ILS REMETTENT ÇA! ILS NE COMPRENNENT RIEN! ILS N'APPRENNENT RIEN! ILS SONT INDÉCROTTABLES!
CANAILLES! FRIPOUILLES!
PAN!
PAN! PAN!
RENÉGATS! VENDUS!
PAN! PAN!
QU'EST-CE QUE CE SERA LE JOUR DE L'HÉRITAGE!
DEAD CREEK À SES MINEURS
PAN! PAN!
PAN!
BANDITS! FAUX FRÈRES !!!
PAN!
PAN!
PAN! PA! PAN!
?!
DONG DONG! DONG!
38

DONG
DONG
DONG
DONG
???
??
??
??
OH, LES DALTON ! AVANT DE VOUS ENTRE-TUER, ÉCOUTEZ-MOI !
LUCKY LUKE ?!!
AUCUN DE VOUS NE SAIT CE QU'ENDURE UN COW-BOY SOLITAIRE SANS FAMILLE, SANS LE RÉCONFORT DES SIENS...
T'ES GONFLÉ, ET MOI ?!
QU... QUOI ?
JOE, WILLIAM, JACK, AVERELL, AVANT D'ÊTRE LES DALTON, VOUS ÊTES DES FRÈRES...
UNIS DANS LA PEINE...
...AUTANT QUE DANS LA JOIE...
...NAÎTRE DANS UNE FRATRIE EST UNE CHANCE !
SNIF !
ALORS, PARDONNEZ-VOUS AVANT QU'IL NE SOIT TROP TARD !
VOILÀ !

DEAD CREEK
À SES MINEURS
POUÊT!
GRAT! GRAT!
PAN! PAN! PAN!
PAN! PAN! PAN!
PAN! PAN!
PAN!
PAN! PAN! PAN!
CETTE FOIS, PERSONNE NE POURRA LES ARRÊTER, MÊME PAS TOI, COW-BOY !
LÀ!
PAN! PAN! PAN! PAN! PAN! PAN
40

GENERAL STORE
?!
RAWSON
?!
HAYAAA!
?!
?!
OOOH!
ÇA SUFFIT, COMME ÇA, LES GARÇONS !!
M...MA ?! QU'EST-CE QUE TU FAIS LÀ ?!!
JE SUIS VENUE ARRÊTER VOS BÊTISES !
LÂCHEZ VOS REVOLVERS ! C'EST COMME ÇA QUE JE VOUS AI ÉLEVÉS, HEIN ?!
BANK
C'EST RIEN, MA'. ON JOUAIT !
LA FERME AVERELL !
LA FERME AVERELL !
LA FERME AVERELL !
QU'EST-CE QUE J'APPRENDS ?!
CACTUS
41

CACTUS JUNCTION
3 DALTON DEVENUS HONNÊTES DÉPOUILLÉS PAR LE BANDIT MASQUÉ !!
MAIS NON, MA', MES ROULETTES ÉTAIENT TRUQUÉES !
DEVENUS HONNÊTES ?!
QUELLE HONTE !
C'ÉTAIT DE L'ARGENT SALE, JE TE LE JURE, MA' !
MOI, JE FAISAIS DES PROPOSITIONS QU'ON NE PEUT PAS REFUSER, MA'
OUILLE !
AÏE !
CES TROIS IDIOTS ONT VOULU DISCUTER MON AUTORITÉ, ET VOILÀ CE QUI ARRIVE, MA'.
PEUH ! DEPUIS TOUJOURS TU TE PRÉTENDS LE CHEF !
C'EST MA' QUI DOIT DÉCIDER LEQUEL DE SES FILS EST LE CHEF DE LA BANDE !
D'AILLEURS, ELLE A TOUJOURS DIT QUE J'ÉTAIS SON CHOUCHOU !
SI CE N'EST TOI, C'EST DONC TON FRÈRE...
C'EST VRAI QUE CE GRAND DADAIS D'AVERELL A TOUJOURS ÉTÉ MON PRÉFÉRÉ, MAIS, D'AUSSI LOIN QUE JE ME SOUVIENNE, LE PLUS MÉCHANT, LE PLUS RETORS...
...LE PLUS FÉROCE...
KAYAA !
...LE PLUS AGRESSIF...
KAAÏÏÏ !
GNAP !
...LE PLUS DOUÉ DE TOUS...
OUCH !
POC !
HA ! HA ! HA !
42

...C'EST MON INFERNAL PETIT JOEY !
MERCI MA' !
C'EST BON, JOE, C'EST TOI LE CHEF INCONTESTÉ...
...DU GANG DES FRÈRES DALTON !
ET MAINTENANT CHEF, ON FAIT QUOI ?
VOUS SORTEZ VOS COLTS ET ON DESCEND LUCKY LUKE !
NON ! MAINTENANT LUCKY LUKE VOUS ARRÊTE !
LUCKY LUKE, JE TE HAIS !!
PAN! PAN!
DÉSOLÉ POUR LE RETARD, COW-BOY, J'AI PERDU UN FER EN DESCENDANT DE L'ÉCHELLE !
J'AURAIS ADORÉ UN FILS COMME VOUS ; AUSSI BON TIREUR...
...DOMMAGE QUE VOUS AYEZ MAL TOURNÉ, LUKE !!
EN AVANT LES FRÉROTS, JE VOUS RAMÈNE EN PENSION !
43

SOMEDAY, MY PRINCE WILL COME...
SOMEDAY I'LL FIND MY COLT...
AH, MES QUATRE PETITES CANAILLES...
...TOUJOURS À SE CHAMAILLER DÈS LEUR PLUS TENDRE ENFANCE...
PAPA
ALLEZ RANGER VOTRE CHAMBRE AVANT DE PASSER À TABLE !
CHER PÈRE NOËL, CETTE ANNÉE, MON FRÈRE JOE VEUT UN COLT 6 COUPS; AVERELL, UNE PIÈCE MONTÉE; JACK, UNE PHOTO DE BILLY THE KID; ET MOI, UN GROS SAC PLEIN DE DOLLARS...
...ET DÈS QU'IL SORT DE LA CHEMINÉE, ON LUI TOMBE DESSUS !!!
...UN PEU TURBULENTS, PEUT-ÊTRE...
INDÉCROTTABLES !
I'M A POOR LONESOME COWBOY AND A LONG WAY FROM HOME
FIN

D'AUTRES FRÈRES CÉLÈBRES DU FAR WEST

Jesse et Franck James.

Cole et Jim Younger
(qui rejoignirent le gang des frères James).

Wyatt, Morgan, et Virgil Earp
(qui participèrent au fameux «gunfight» de OK Corral).

Au gang des frères et sœurs Benacquista.
Aux quatre frères Pennac.
TB et DP

Aux Blues Brothers !
Achdé

Prolongez l'aventure de *Cavalier seul* sur smartphone et tablette !

Rendez-vous sur l'App Store et l'Android Play Store
ou sur www.lucky-luke.com